The Sisters Karamazov

까라마조프의 자매들

◆ 이 작품은 도스토예프스키의 고전 소설
  《카라마조프 가의 형제들》속 캐릭터의 성별과 배경을 각색했습니다.

◆ 러시아어에선 성별에 따라 이름이 달라지나, 원작과의 연결성을 위해
  그대로 표기합니다. 다만, 부칭을 남성형에서 여성형 또는 여성형에서 남성형으로
  바꾸었습니다. 부칭은 러시아식 이름 표기법으로, 아버지의 이름을 딴 중간 이름을
  말합니다.
  (ex. 표도로비치→표도로브나, 이바노브나→이바노비치)

◆ 리메이크 작품인 만큼 원작의 주요 사건과 전개를 따라가나
  모든 사건이 동일하진 않습니다. 어떻게 재해석되었는지 즐겨주세요.

◆ 이 단행본의 작품명, 인명 등은 웹툰 원작의 표기를 우선해서 따랐습니다.

3

The Sisters Karamazov

까라마조프의 자매들

정원사 지음

arte POP

차례

아그라페나 알렉산드로비치
(그루첸카)

나 좋아해요?

TMI

아버지에게 휘둘려
억지로 사채업자 일을 해온 것은 사실.
알료샤라 또래로 행동거지에 비해
실제론 상당히 어림.

◆ 사채업자, 드미트리의 연인 (22세, 190cm)

◆ 얕보이지 않으려 능글맞게 굴지만
   실제 성격은 여리다.

◆ 처음엔 드미트리를 좋아하지 않았지만
   드미트리가 자신을 선입견 없이 대해주자
   호기심이 생겼다.

◆ 드미트리의 사생활 사진을 찍어 베르호프 사와
   드미트리를 협박하려고 했다.

◆ 드미트리와 사랑에 빠진 이후 여태껏 저지른
   악행 때문에 표도르에게 협박당한다.

리즈

TMI

상대의 속마음을 금방 간파하고
사람들과 어울리는 것을 싫어함.
겉과 속이 똑같은 알료샤를 답답해하지만
알료샤의 바로 그런 면들을 좋아함.

나 참.

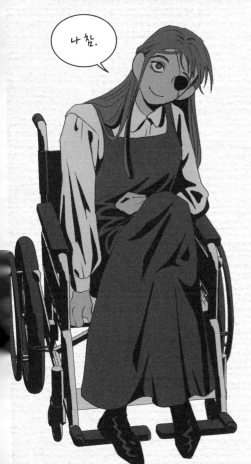

◆ 호흘라코바 부인의 외동딸 (17세, 156cm)
  13세에 대학 입학 제의를 받은 천재

◆ 변덕스럽고 신경질적이며
  직설적인 어투를 쓰는 당돌한 면이 있다.

◆ 교통사고로 왼쪽 눈을 잃었고,
  걷지 못하게 되었다.

◆ 상심에 빠졌던 자신을 이끌어준 알료샤에게
  결혼을 제안했다.

◆ 속내를 알기 힘들고, 의뭉스럽고, 영악하다는 둥
  아니꼽게 여기는 시선도 있지만
  알료샤에게는 양순한 어린애

SISTERS KARAMAZOV

29

흥 정

툭 까놓고
말해서

당신이랑
사돈이 된다니
불쾌합니다.

하하,
제가 환영받는 결혼은
해본 적이 없어서

그런 말에
상처받진
않습니다만?

아들놈이
보는 눈이 없는 걸
탓해야겠죠.

어라?
제 딸이
아깝지 않나요?

아휴, 재수 없어.

이 나이쯤 되면
걱정이 많아져요.

예를 들어?

사람들은 왜
갑과 을을
구분 못 할까….

물주 하나 꽉 잡으려면
이 결혼, 성사되는 게
좋지 않습니까?

우리 사장님,
꼭 저만 잃을 게
있는 것처럼
말씀하시네.

요즘 표도르 씨
사업이
어렵다던데…

재벌 2세의 파혼 스캔들이
그룹에 끼칠 손해가
어느 정도일지 모르겠네요.

모자란 자식을 둔
부모 마음은 이해하지만요.
뒷바라지할 생각이라면
거기에 맞는 성의 표현을 하셔야죠.

뭘 이리
많이 넣으셨나?

오물은
알아서 치우라고요.
성의를 보이세요.

설명할게요.

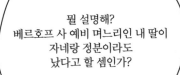
뭘 설명해?
베르호프 사 예비 며느리인 내 딸이
자네랑 정분이라도
났다고 할 셈인가?

그루첸카,
이 친구야.

자넬 아끼니
하는 말이야.

두 사람 장난질이야 진작 알고 있었지.
하지만 내버려 두는 건
저쪽 집안에 들키기 전까지의 얘기야.

꽉

우린 비즈니스 사이잖아.
심플하게 가자고, 응?

내 딸은
잠깐 갖고 논 거지?

당신, 딸한테
늘 그런 식으로
말해요?

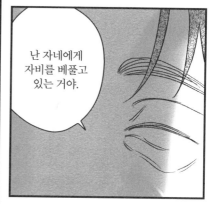

난 자네에게
자비를 베풀고
있는 거야.

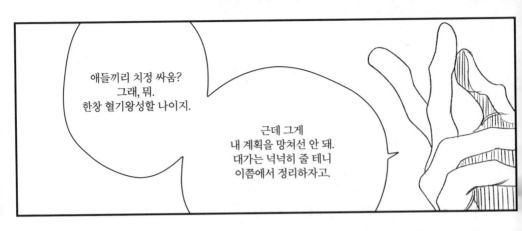

애들끼리 치정 싸움?
그래, 뭐.
한창 혈기왕성할 나이지.

근데 그게
내 계획을 망쳐선 안 돼.
대가는 넉넉히 줄 테니
이쯤에서 정리하자고.

자네가 악역을 맡는 건 어떤가?
순진한 내 딸을 꼬드긴
사기꾼으로 말이야.

싫다면요?

이 사채꾼 새끼가
상황 판단을 못 하네.

야, 계산 안 돼?
너한테 이 결혼을
파투 낼 만한
능력은 있고?

그래봤자 불륜인 주제에
아주 고귀한 사랑
납셨어, 응?

내 딸이 이보다 좋은 데
시집갈 기회가
또 있을 것 같아?
서른이 코앞인데….

자네도 빚쟁이라며.
적당히 돈만 챙기면
되는 거 아냐?

콜록.

콜록.

알아들었나?

사람들 눈 안 닿는
공기 좋은 데 가서
머리 좀 식히게.

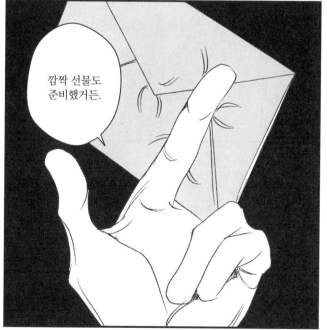

깜짝 선물도
준비했거든.

우리 사돈이
네 뒷조사를 좀
했더라고.

모끄로예에
자네 친구가
있다던데
한번 가볼 텐가?

웃기지 마요.
겨우 그딴 거짓말로
날 시골에 처박겠다고…

하하, 못 믿나 보군.
자네 앞으로
편지도 써줬는걸?

뭐라더라?
자기가 그루첸카의
첫사랑이라던가?

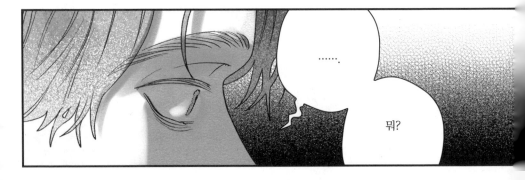

…….

뭐?

젊은 나이에 입대해서
지금은 폴란드 장교가
됐다던데.

모끄로예는
여기서 기차만 타면
금방이야.

좋아해.

자네, 내 말 듣고 있나?

같은 쓰레기끼리
뭐 새삼.

좋게 생각해.
조용히 떠나면
자네 부친이랑 얽힌 돈 문제까지
해결해 준다고 하니까.

자존심만 버리면
새 출발 할
좋은 기회 아닌가?

그루첸카.
내가 볼 때
자넨 나랑 동류야.

순진한 여자들을
꼬셔서
기회를 만들지.

차이점이 있다면
넌 죄책감을 느꼈고,
나는 그렇지 않았지만.

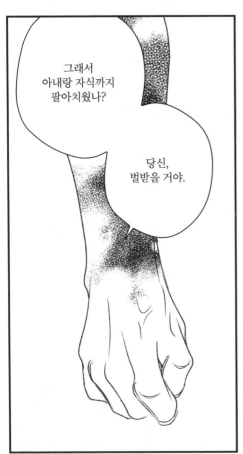

그래서
아내랑 자식까지
팔아치웠나?

당신,
벌받을 거야.

30

풋내기들

알료샤.

장례식 후로
굶는다고
소문 다 났더라.

오늘이
며칠인 줄은
알아?

네가 이러는 걸 보면
조시마 장로님이
퍽이나 좋아하시겠다.

…라키친.

장로님이
나한테
수도원을
떠나라고 했어.

넌 그렇게나
아끼시던 분이?
왜?

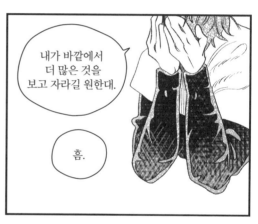
내가 바깥에서
더 많은 것을
보고 자라길 원한대.

흠.

맞는 말씀 하셨네.
이 지루한 곳에서
뭘 하겠어?

누가 들으면
어쩌려고.

넌 신앙심도 없으면서
왜 여기 있는 거야?

너랑 그다지
다를 것도 없어.

그래서 우리가
친구인가?

넌 도망친
처지고,

난 뭐라도
건져볼까 해서 왔고.

하하….

갈 곳이 없어?

잘 모르겠어.

수도원을 떠나도
집으로 돌아가긴
무섭달까….

그럼 뭐 해.
이제 여기도
내 집이 아닌데.

그럼,
그루첸카 형을
만나볼래?

…

형?

엥?

말 안 했던가?
우리 사촌 형인데….

그런 말
한 적 없잖아!

그 형 가족들이랑
연 끊은 지
오래됐어.
나랑도 가끔만
연락하고….

아무튼 너랑 한번
단둘이 보고 싶다던데.

네게도
나쁠 것 같지 않아서
하는 말이야.

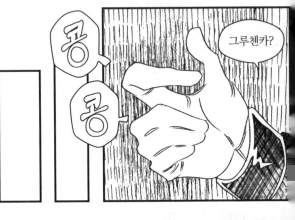

그루첸카?

콩
콩

동생인 나조차도
무슨 생각을 하는지
알 수 없는 사람이지만,
의외로 필요한 말을
해줄 때가 있거든….

안에 있어요?
저 들어갈게요?

끼기긱…

불이 다 꺼졌네.
스위치가…

불 켜지 마요.

뭐예요?
사람 놀래키고!

이럴려고
부른 건가요?

까악!!!

어이쿠.

당신한테도 빚졌으니
인사는 하려고요.

네?

탁

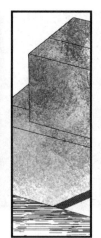

……

당신,
떠나는군요.

드미트리
언니도 알아요?

혼자서 해결해야
할 일이 있어요.

말도 없이 사라지면
언니가 분명히
상처받을 텐데요.

내가 사기꾼으로
보인단 건 알아요!
그래도, 한 번만….

정리되면 말할 테니
드미트리에게는
비밀로 해주세요.

부탁해요, 알료샤.

그녀를 위한
결정이기도 해요.

알았어요.
다녀오세요.

…솔직히
붙잡을 줄
알았는데.

내가 언니를 배신하고
사라질까 봐
걱정되진 않아요?

내가 자퇴하고
수도원에 간다고
통보했을 때요.

난 언니가
나를 뜯어 말릴 거라고
생각했어요.

어린 동생의 객기로
취급할 줄 알았죠.

그런데
그러지
않았어요.

언니는 어쩌면
이미 알았나 봐요.

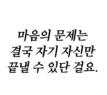

마음의 문제는
결국 자기 자신만
끝낼 수 있단 걸요.

이런 말은 실례지만⋯
그루첸카 씨가
초라해 보였던 적이 있어요.

그런데 제 착각이었던 것 같아요.
당신은 저보다 용감한 사람이에요.
자기 문제를 직면하고
해결하려 하잖아요.

난 아무 결정도
못 내리겠는데⋯⋯.

알료샤.

당신은 끽해야
스무 살이고
난 스물둘이에요.

뭐 얼마나
잘 알겠어요?
그냥 해보는 거지.

픕.

하하!

라키친 말이
꼭 맞네요.

응?

당신이 필요한 말을
해줄 때가
있다고 했거든요.

하하….

말랐네.

이제 보니
얼굴도
반쪽이 됐고.

무슨 일
있었어요?

어?

우앗.

내가 울린
건가?

아니에요.

남들 눈에도
그렇게 보이는구나
싶어서….

속이
답답한데요.

수도원에서만 지냈더니
혼자 기분 전환하는 방법도
모르겠더라고요.

계속 우느라
남들 걱정이나
시키고…
바보 같아.

그, 가만히 있지 말고
일단 뭐든
해보는 게 어때요?

지금 당장
하고 싶은 거라든가….

하고 싶은 것….

내가 지금
하고 싶은 건…

장로님의 유언을
지키고
언니들을
돕는 거야.

43

가볼게요,
장로님.

알료샤!

정말
떠날 거야?

대체 어디로

가는…?

SISTERS KARAMAZOV

31

살 의 는
사 랑 을
실 고

죄송하지만
대출은
어렵겠습니다.

드미트리 씨?

왜죠?

신용 점수가
낮아서요.
재직 상태도
아니고요….

지금도
군인이었다면
가능했겠지만…

와ー아.

내가 군대 때려치운 걸
후회하는 날이
다 오네.

카챠의 돈을 갚아야
파혼할 텐데.

그놈의 돈….

누가 날건달 아니랄까 봐
대낮부터 공원에
죽치고 있는 꼬라지 좀 봐.

쉿,
기분 나빠 보이니
건들지 말자고.

해결되는 일은 없고
문제만 늘어나네.

평생 이렇게
자리도 못 잡고
허덕이면서
살 순 없는데.

내 인생이
언제부터 이렇게
꼬였더라?

군대가 장난이야?

상관의 코뼈를
부러뜨려?

49

못 해먹겠네.

때려치우면
되잖아.

아냐, 이때는 아니지.
계속 버텼어도
화병으로 죽었을걸.

성질 좀 죽여야 하는데.

얼레.

진짜라니까?

내가 똑똑히
봤대도.

저 녀석,
그때 그루첸카랑
만났던 그놈 아냐?

여전히 입이
가볍군.
소문이나 퍼트리고….

그루첸카가
짐 가방을 들고
기차역에 있더라니까?

50

아무래도 여길 떠나려는 모양이야.

까라마조프 첫째랑 불륜으로 챙길 수 있는 건 다 챙긴 거지….

……

아니야.

아니야, 아니야. 사람을 잘못 봤겠지.

그루첸카가 나한테 말도 없이 그럴 리 없어.

그루첸카는 아버지와 달라….

응?

드미트리.
이 생쥐 같은 녀석.

아빠 방에서
왜 얼쩡대냐?

그레고리가—

오늘 내 생일이래.

그래서 뭐.

선물 줘!

돈 없다.

용돈은 필요 없어.

하아….

그럼 뭘 달라고 징징거려?

그냥,

있잖아.

자기 집에 있을 거야. 배신하지 않기로 했잖아.

그럴 리 없어….

평범한 애들이 받는 거….

그루첸카.

아빠.

드미트리.

당신은
나보다 훨씬
좋은 사람이에요.

네 엄마한테
못 받은 애정을
나한테 요구하지 마.

콱!

콱!

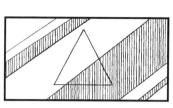

너처럼 징그러운 짐승은 아무도 원하지 않아!

시끄러워!

나한테도 다정한 사람….

머리 아파. 닥쳐….

문이 열립니다.

그게 가끔
겁이 나요.

네 엄마가
그랬듯

아무도 네 곁에
남지 않을 거다.

드미트리에게
이런 상황은
놀랍지 않았다.

첫 번째 감상.
아, 또 떠나버렸네.

두 번째 감상.
나는 정말 누구에게도
사랑받을 수 없는
사람인 걸까?

분노, 배신감, 외로움 속에서
그녀는 늘 그래왔듯
분출구를 찾는다.

그루첸카가
갑자기 사라진 데는
이유가 있을 거야.

분명히
외부의 압박이
있었다.

이딴 수작질을
할 만한 놈은…

콱 죽여버리면
다 끝나지 않나?

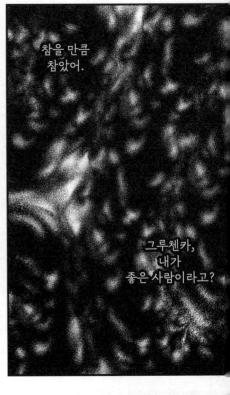

참을 만큼
참았어.

그루첸카,
내가
좋은 사람이라고?

아니야.

난 한 번도
좋은 사람이었던
적이 없어.

32

달리는 여인

사장님과
그루첸카만의
접견용 노크 암호도 있죠.

다음엔
빠르게 세 번—

…뭐야?

처음엔
느리게 똑, 똑.

열려있잖아.

노인네가
문 잠그는 것도
잊어먹었나?

새벽이라지만
기묘할 만큼
조용하네.

고용인들은
전부 잠들었나?

일이 너무
쉽게
풀리는걸.

재떨이는
왜 챙겨?

정말 아버지를
때려 죽이기라도
하려고?

기어이
살인범이
되고 싶어?

지금이라도
늦지 않았으니
돌아가.

아.

어이,
애정 결핍
겁쟁이!

또 헛것이다.
흥분하면
곧잘 보이는….

뭘 망설여?
아버지가
네게 저지른 짓을
잊었어?

징그럽게 진짜.

그딴 것도 부모라고
사랑해 달라
비는 꼴 하고는….

네 엄마랑
그루첸카가
왜 널 떠났는지
알 만하다.

맞아.

진작에
죽여야
했는데.

… 드미트리?

내가 우유부단해서
다 잃은 거야.

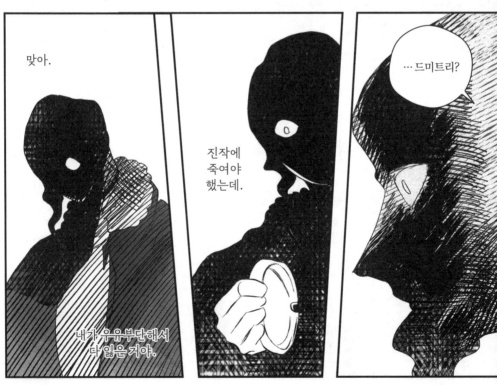

…어?

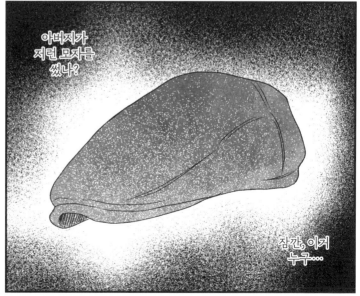

아버지가
저런 모자를
썼나?

잠깐, 이거
누구…

어 어…

어떡해.

구, 구급차부터
불러야…

…부르면?

누가 봐도 범인이잖아!
살인죄로
체포될 거야.

잡히면
끝장이라고!

75

피가 너무
많이 나.

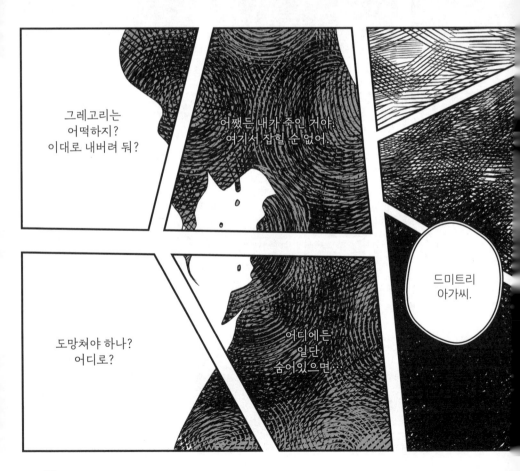

그레고리는
어떡하지?
이대로 내버려 둬?

어쨌든 내가 죽인 거야.
여기서 잡힐 순 없어.

드미트리
아가씨.

도망쳐야 하나?
어디로?

어디에든
일단
숨어있으면.

또 이런 곳에
숨어계세요?

나와서
식사하셔야죠.

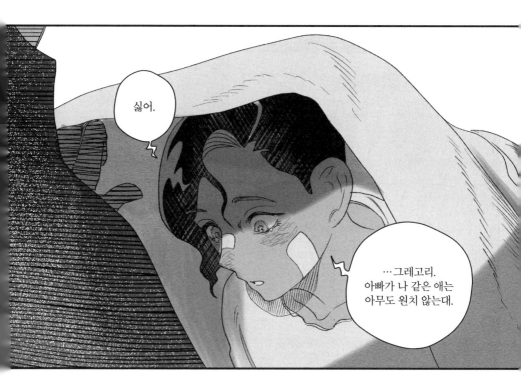

싫어.

…그레고리.
아빠가 나 같은 애는
아무도 원치 않는대.

사장님이 말만 그렇지. 아가씨를 얼마나 아끼는데요.

아니야!

아무것도 모르면서. 내 비밀 기지에서 나가!

이불 밑이 무슨 비밀이에요?

됐어.

이제 아무한테도 기대 안 할래.

애를 쓸수록 나만 바보 같아져. 앞으론 되는대로 살아버릴 거야.

그러지 마요.
제가 아가씨 편을
들어드릴게요.

다음부턴 속상하면
무작정 숨지 말고
저한테 오세요, 응?

네가
진짜 내 아빠였으면
좋겠다.

아가씨,
저랑 하나만
약속해요.

이제부터
도망치지 않기로요.

도망치는 게
유일한 해결책처럼
보일 때도 많겠지만—

도망칠수록
걷잡을 수 없이
커진답니다.

33

재회

식겁했죠.
저희 술집에
피범벅이 되어선
들이닥쳤으니까요.

어우.

왜 바로 신고하지
않았죠?

드미트리를요?

이 동네에서
그 여자 유명해요.
또 어디 길거리 싸움에나
휘말린 줄 알았지.

평판이 안 좋군.

어이, 보리스!
여기 경찰분 좀
도와드려.

저희 바텐더가
그 여자랑 마지막으로
대화했거든요.

드미트리요?

아, 그루첸카를 만나러 갔을지도.

그루첸카요?

예, 제 친구이자 저희 가게 단골인데 최근에 여길 떠났거든요.

보리스.

나 좀 도와줘요.

그루첸카, 어디로 갔는지 알고 있죠?

드미트리의 그런 표정은 처음 봤어요.

사랑싸움인가 싶어서 모그로예로 갔다고 알려줬죠.

…순순히 알려줬다고?

외람되지만, 드미트리는 카체리나 씨의 약혼자 아닙니까?

그렇긴 한데요.

여기 손님은 별별 사람이 다 있거든요.

재벌 2세의 약혼녀가 불륜 스캔들이라니. 제대로 성가시겠는데.

…예, 뭐. 협조 감사합니다.

아아, A팀 응답.

용의자 행방은 모그로예로 추정, 지원 부탁합니다.

저기—

그런데
경찰이 갑자기 왜
드미트리를
찾는 거죠?

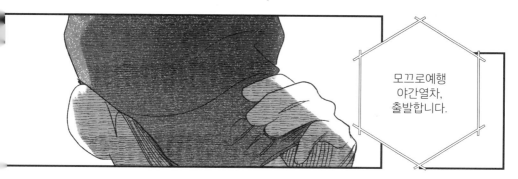

모끄로예행
야간열차,
출발합니다.

살인 사건으로
수사 중입니다.

나 지금
뭐 하는 거람.

무슨 면목으로
그루첸카를
만나러 가는 걸까.

할 얘기도 없으면서.

경멸하겠지.
걘 내가 싫어서 도망갔을 텐데.

이제
살인자까지
됐으니….

나도 알아.

영원히 도망칠 순 없어.
자수는 해야지.

유서까지 써뒀으니
두려울 건 없다.

그래도,

이기적인 건
알지만—

경찰에 잡히기 전에
마지막으로
그루첸카를 보고 싶어.

단 한 번만.

한 시간만. 아니, 일 분이라도.

그루첸카,
대체 어디서
뭘 하고 있는 거야?

그루첸카.

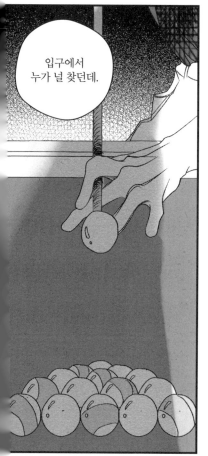

입구에서
누가 널 찾던데.

누구?

난들 알아?
험악한
아가씨던걸.

…뭐?

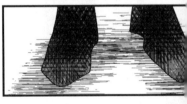

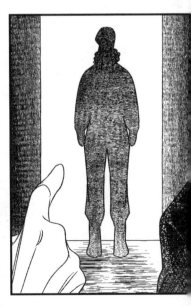

드미트리!

여긴 어떻게…

잠깐만, 이거 피잖아.
싸웠어요?
다쳤어?

드미트리?

아차.

미안해요.
혼자 해결하고
싶은 일이 있어서
말도 없이
떠났어요….

나중에 다 설명하려고…
듣고 있어요?

당신 아버지
일이랑,

…뭐?

잠깐만,
아버지가
왜 나와?

개인적인 일도
있고요.

그 영감이 너한테
무슨 짓 했어?

아, 아뇨,
내 말은—

그루첸카!

예쁘네.
네 손님이야?

이젠 여자랑도 노나 봐?

학창 시절엔 안 그랬잖아.

야단났다.

드미트리가 가만있을 리가···

·······.

아, 이분이시구나.

와, 날 아네?

그루첸카가 동창 얘기를 몇 번 했거든요.

영광이네~. 이런 미인한테 내 소개를 다 하고.

그럼 내가 이 자식 첫사랑인 것도 들었나?

이 새끼가
보자 보자 하니까,

너 왜 아까부터
어린놈이
찍찍 반말이니?

어우,

당 떨어져….

34
교 차 로

가는 김에
아이스크림 좀 사다 주라.

또 녹차 맛이죠?

응♥

하하.

둘이
사귀어요?

그래 보여?

아니겠지.

움찔

당신, 카체리나의 약혼자잖아요?

폴란드 장교가 된 첫사랑을 러시아 촌구석에서 마주치는 게

우연으로 가능할 것 같아요?

생각이 없는 것도 정도가 있지.

당신 아버지가 날 찾아와선
연 끊긴 동창 하나
꼬셔보라며
봉투를 주더군.

나 참, 역거워서….

…아니야.

아버지가
왜 그딴 짓을 해?

쟤 때문에 당신이
결혼을
안 하니까.

…빨리 왔네?

많이 변하긴 했다.

네가 나한테 인상을 다 쓰고.

그루첸카….

협박이라니. 대체 무슨 얘기야?

아.

둘이 대화를
진짜 안 하는구나.

이봐요, 드미트리.

당신이 망쳐버린 걸
한 번에 해결할 수 있는
가장 쉬운 방법이
뭔지 알려줄까요?

돈 많은 시댁에 가서
잘못했다고 빌어!

난 네가 좀 자랐길
기대했는데

내 기억보다
훨씬 더 역겨워졌다.

꺼져.
두 번 다시
나타나지 마.

그루첸카.

같이 가.

왜 말 안 했어?
나 때문에
협박받았다며.

상처 주기 싫어서요.

난 이미
상처받았어.

그래도 이건
내 치부였잖아요.

드미트리,
이렇게 파헤치면
안 됐어요.

날 믿고
기다려줄 순
없었나요?

아무것도 못 들었는데
네가 언제 올 줄 알고
기다려?

엄마도 그렇게
떠났어.

난 그냥
닥치고 기다리는
사람이야?

다들 나한테는
그렇게 막 대해도
된단 거야?

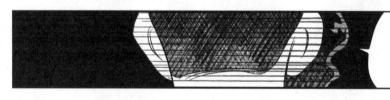

내가 무슨 심정으로
여기 온 줄 알아?

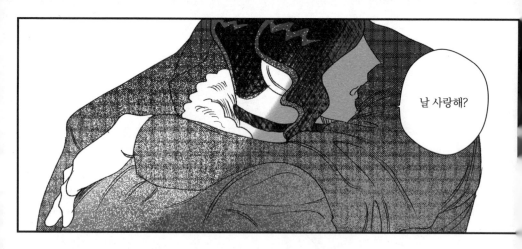

날 사랑해?

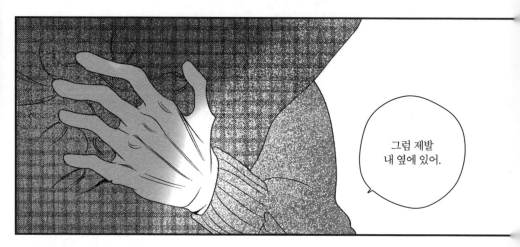

그럼 제발
내 옆에 있어.

이미
그렇게 됐어요.

35

전 환 점

…카체리나,
지금부터 내 말 잘 들어.

이건 내 유서야.
난 널 배신하러
가고 있어.

내가 입버릇처럼
하던 말, 기억해?

너는
끔찍한 농담
하지 말라며
늘 웃어넘겼지.

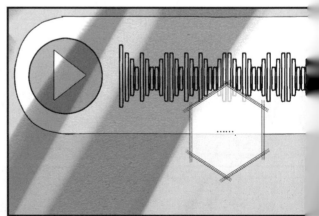

…….

오늘 밤 아버지를
죽여버릴 거야

드미트리,
이 바보가….

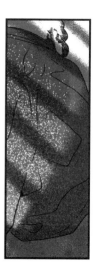

으음.

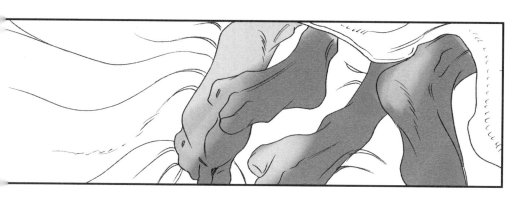

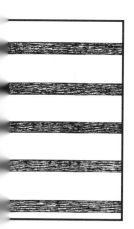

위잉—

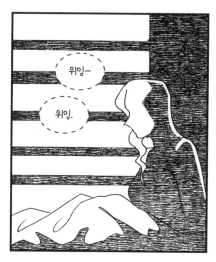
위잉—

위잉.

부재중 전화 13통
카체리나

꾹

역시 난 쓰레기네.
살고 싶어져 버렸어.

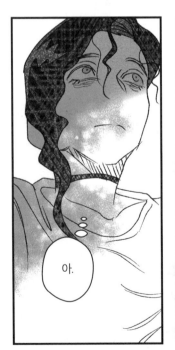

아.

국경을 넘으면
못 찾지 않을까.

신분이야 위조하면
그만이고.

낯선 땅에서
선량한 시민 행세를
못 할 것도…

…으음.

벌써 깼어요?

…목말라서.

아플 텐데 쉬어요.
내가 물 떠 올게요.

외국에서
같이 살면
어떨 것 같아?

미국이라든가.

저기,
그루첸카.

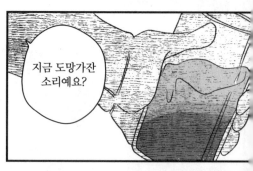
지금 도망가잔
소리예요?

카체리나는
정리했어요?

제 첫사랑이 얼마나
추해졌는지 봤죠?

탁

드미트리.

남들 눈에 제가
그 사람이랑
얼마나 달라 보일 것 같아요?

넌 달라.

너는 좋은 사람이야.
그동안 운이 없었을 뿐이지.

….

당신이 남에게
듣고 싶던
말이죠.

내게 그렇게
말해주는 사람도
당신뿐이고요.

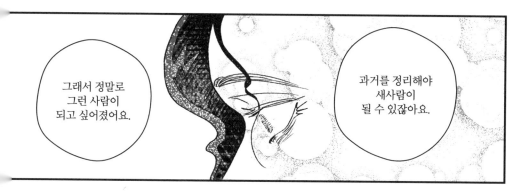

그래서 정말로
그런 사람이
되고 싶어졌어요.

과거를 정리해야
새사람이
될 수 있잖아요.

131

우리
사람답게
살아요.

상처 준 사람들에겐 사과하고,
사랑해 주는 사람들은
의심 없이 믿으면서.

남들도, 자신도
속이지 말고
살아봐요.

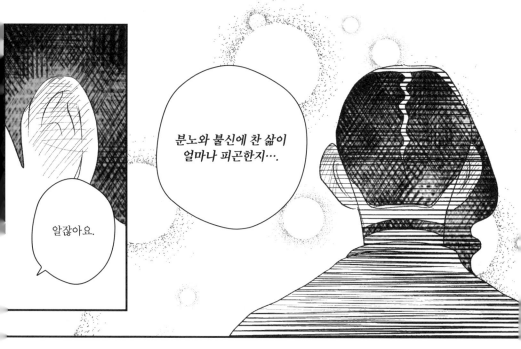

분노와 불신에 찬 삶이
얼마나 피곤한지….

알잖아요.

나 너한테
고백할 게 있어.

여기 오기
전에—!

쿵쿵

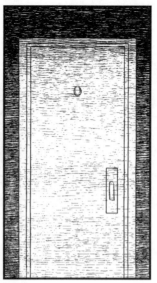

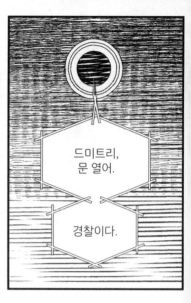

드미트리,
문 열어.

경찰이다.

따고 들어가죠.
예비 키도 있고.

대체 무슨
일이에요?

드미트리…

―나도
새사람이
되고 싶어.

너무 늦어서
형벌이 날 먼저
찾아왔지만.

A팀
용의자
찾았습니다.

손 들어!

도주할 생각 말고
얌전히 동행하는 게
좋을 거야.

살인 용의자 신변
확보했습니다.

잠깐만요!

오해가 있나 본데,
드미트리는
그럴 사람이 아니에요!

살인이라뇨?

경찰을
불한당으로
만드시네.

둘이 친해 보이는데,
직접 설명하지?

이거 참.

…사고였어.

잠깐의 분노를
참을 수가 없었어.

재떨이를 휘둘렀는데
피가 너무 많이 나서…

그레고리는
아버지 대신
날 키워준 사람인데….

내, 내가
죽여버린….

그런…

무슨 헛소리야?

그레고리라면 안 죽었어.
출혈이 심하긴 했지만
마르파 부인이
제때 구급차를 불렀지.

그러면

뭐?

누가 죽었단…

뻔뻔하긴!

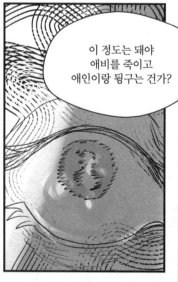

이 정도는 돼야
애비를 죽이고
애인이랑 뒹구는 건가?

드미트리,
당신을 부친 표도르
살해 혐의로 체포한다.

당신은 묵비권을
행사할 수 있고,

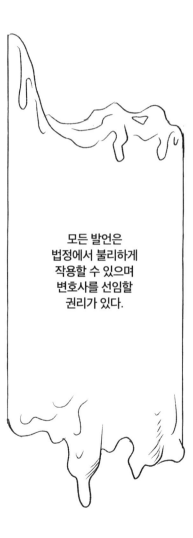

모든 발언은
법정에서 불리하게
작용할 수 있으며
변호사를 선임할
권리가 있다.

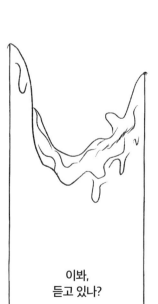

이봐,
듣고 있나?

36

면   회

"죽여버릴 줄 알아."

…아가씨의 말버릇이었어요.

드미트리 아가씨는 사장님과 늘 부딪혔죠.

마르파

그레고리의 아내이자 입주 가사 도우미.

서재에서 표도르 씨의 시체를 가장 먼저 발견하셨다고요.

남편 그레고리 씨까지 큰 부상을 당하고…

정말 유감입니다, 부인.

드미트리 아가씨가 체포됐다고요.

저희 부부는 아가씨를 친딸처럼 돌봤답니다.

143

짐승도 키워준 이를
해치진 않는데….

왜 그렇게
자랐을까요….

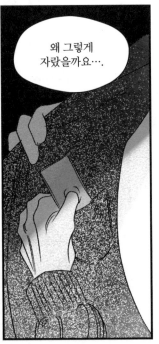

왜…

00:34:06

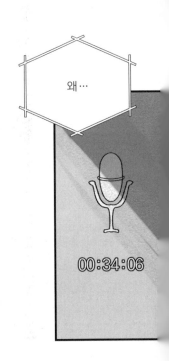

그만 자백하지 그래?

…계속 말했잖아요.

죽일 생각으로
찾아간 건
사실입니다.

하지만 그날
아버지는
보지도 못했다고요.

네 아버진 서재에서
머리가 뭉개진 채 발견됐어.

난 거기에
들어간 적도
없어요.

흉기인 재떨이에서
네 지문이 나왔고.
이 이상 증거가 필요한가?

그건…

공황에 빠져
그레고리를
그걸로 내려쳤지만…

그 후 겁먹고
바로 도망갔다고요.

입장을 바꿔서,
너라면
그걸 믿겠나?

너 말곤
다른 용의자도
없어.

스메르쟈코프.

…그 녀석도 그날
집에 있었을 텐데요?

덮어씌울 상대를 잘못 골랐군.

스메르쟈코프는 며칠 전부터
뇌전증 발작으로 쓰러져 있었다.

지금은 병원으로
이송되었다고.

돌아오셨네요.

아가씨.

제가 걱정돼서
오셨나요?

드미트리가
아버지를
죽였다며.

아니.

…가족에게
참 헌신적이세요.

유학도 그렇게
팽개치고 오시더니….

그 절반만이라도
제게 관심을 주시면
좋을 텐데…

환자 안부는
묻지도 않으시네요.

그날 너도
집에 있었다며.

정말 아무것도
못 봤니?

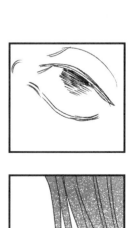

네.

정말 끔찍한
일이죠.

곧 생일이신데.

무슨…

다음 주가
이반 아가씨의
생일이잖아요.

저는요.

변변찮은 선물도
못 챙겨드려
늘 속상했어요.

실로 끔찍한
사건입니다.

딸이 아버지를
무참히 살해한…

용의자인 드미트리는
주변인에게 폭행과 폭언을
일삼은 것으로 알려졌으며

경찰은 범행 당일
현장에서 거액의 현금이
함께 사라진 것으로 보고
수사에…

아직 용의자라며
저렇게 단정 지어도
되는 거야?

아무리 그래도
제 부모를 정말 죽였으려고….

뻔하지!

돈 때문
아니겠어?

범행 당일 애인을 따라
모그로예까지 튀었다던데.
불륜 상대가 유명한 사채업자라며?

저런 것들은
죄다 사형시켜야…

곧 공판이라며,
변호는
누가 맡으려나 몰라?

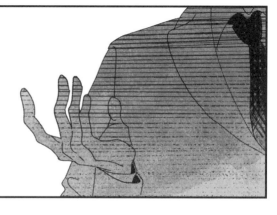

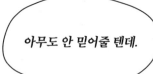

아무도 안 믿어줄 텐데.

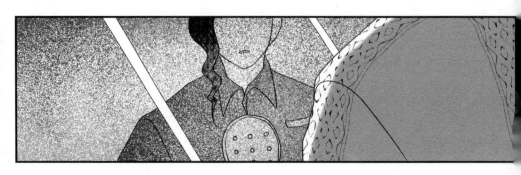

…머리 잘랐네.

잘 어울린다,
알료샤.

미안.

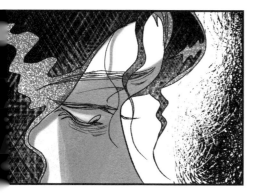

이런 언니는 없는 편이
나았을 텐데.

언니가 한 거
아니잖아.

덜 끔찍해지기로
나랑 약속했으니까.

언니는 날 너무 사랑해서
내게 부끄러운 짓은 하지 않아.
그렇지?

…안 했어.

내가 한 거 아냐.

언니.

나 좀 믿어줘….

믿고말고.

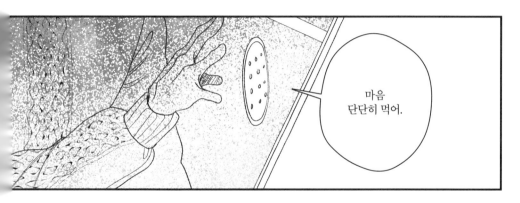
마음
단단히 먹어.

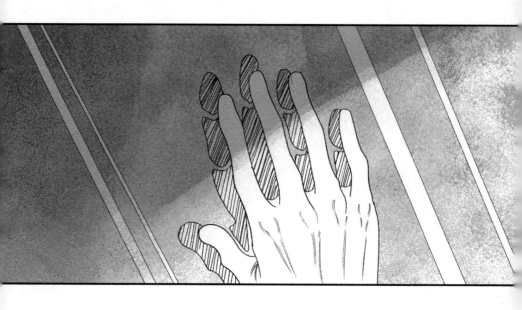

…내가 뭘
도와주면 돼?

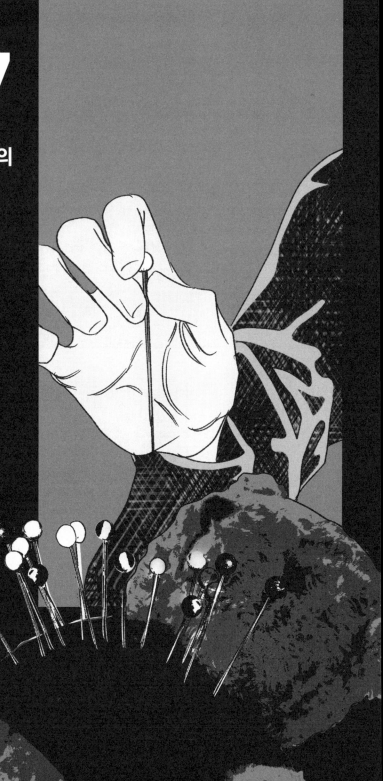

37
악 의

...

변명처럼 들리겠지만
모두 사실이야.

누군가 재떨이를 이용해
내게 누명을 씌웠어.

물론 난 언니를 믿지만…

검사는
언니가 갖고 있던 현금도
걸고넘어질 거야.

같은 날 집에서 거액이
사라졌으니까.

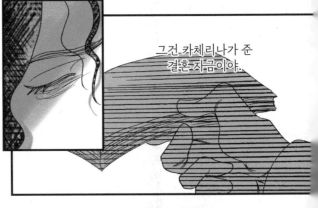

그건 카체리나가 준
결혼 자금이야.

이미 절반은 써버렸지만,
떠나기 전에 남은 거라도
돌려주려고 했어.

직접 만나서
사과도 하고 싶었고.

운이 나빠서
끝내 만날 순
없었지만.

음성 사서함으로
연결되오며…

송금 같은 건 무리였지.
도망자 신세였으니까.

… 그래서 체포될 때까지
그 돈을 갖고 있었단 거야?

경찰이 날
안 믿는 것도 이해는 가.

지문 묻은 흉기에,
현장에서 사라진
현금까지 생각하면….

…

나도 알아.
우연이라기엔
말도 안 된다는 거.

어쩌면 이렇게
천벌이라도
받나 보지.

되는대로 폐를 끼치며
살아왔으니
운명에게 혼날 때가
된 거야.

…

있지, 나도 내가
구제불능이란 건
안단다.

아버지를 증오하면서도,
아버지와 다를 바가 없었어.

그러면
안 됐는데.

내가 불행하단 이유로
남에게 상처를
줄 순 없는 건데….

아직,

아직 안 늦었어.

바로잡을 기회는
언제든 있어.

언니,
일류샤라는 아이를
기억해?

…응.

내가 자기 아버지를 때렸으니
까라마조프 가에
복수하겠다고 했다며.

애꿎은 네 손까지
깨물었다고 들었어.

그건
중요치 않아!

그 애는 사과를 받고
싶은 것뿐이야.

어리다고
사과받지
못하는 게…

누군가를
원망하며 사는 게,
얼마나 괴로운지
우리 자매는 잘 알잖아.

이제 와서
용서를 구하는 게
의미가 있을까?

달라지고 싶다면
시도해 봐야지.

…그 애에게 제대로
사과하고 싶어.

도와줄래?

응.
얼마든지.

일류샤에게 찾아가서 물어봐 줄래?

날 만나줄 수 있냐고….

언니가 누구에게 먼저 사과한다는 건 처음이야.

내가… 걘 위험하니까 만나지 말라고 몇 번을…

하지 말란 것만 골라 하네요?

리즈가 알면 화내겠지만.

일이 잘 풀리면 좋을 텐데.

알아서 하라 해! 이젠 나도 몰라!

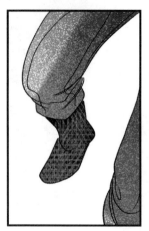

데자뷔인가?

전에도 이 골목에서…

괜찮니?

…알료샤?

콜랴?

사줬다 ♪

아까 왜 울었는지 알려줄 수 있니?

왜

살면서 미움받은 적이 드문데. 애들은 어렵네.

무슨 일이길래…

음, 말하기 싫으면 안 해도 돼.

난, 저기, 이만 일류샤에게 가봐야 해서…

가지 마요.

일류샤는…

의사가
그러는데…

곧 죽을지도
모른대요.

뭐?

아까 병문안 갔을 때
엿들었어요.

원래부터 심장이 안 좋았는데,
갑자기 나빠져서

이, 이제는
손쓸 수 없대요.

이게 다
그 사람
때문이야….

그 사람이라니?

일류샤,
그 녀석.

사람 손을 깨물질 않나,
대체 무슨 생각이야!

그렇게 시비를 걸어대니
애들도 무섭다고
따돌리잖아.

골목대장으로서
말리는 내 입장도
좀 생각하라고!

…예전에는

171

너무 자세히
알려고 하지 마.

저게 다
무슨 얘기지?

일류샤가 저런
음침한 인간이랑
왜….

응?

너도 까라마조프가 밉다며.
우린 같은 편이야.

이제 와서
죄책감이라도 드는 거니?
착한 아이네.

약을 전해준 후부터 일류샤가
눈에 띄게 앓기 시작했어요.

그 사람이 일류샤에게
나쁜 짓을 시킨 게 분명해요.

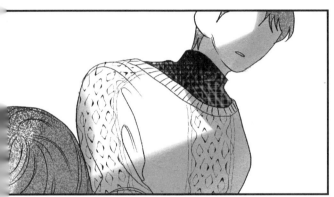

스메르쟈코프…

대체 뭘 하고
다닌 거야?

SISTERS KARAMAZOV

38

후 계 자

알료샤,
이제 어쩌려고요?

멍…

일류샤 일은
그만 손 떼요.
언니가 해결할 수 있는
문제가 아니잖아요.

리즈.

게다가 조시마 장로님을
보낸 지도 얼마 안 됐는데,
억지로 무리할 필요는…

…걱정해 줘서 고맙지만
난 괜찮아요.

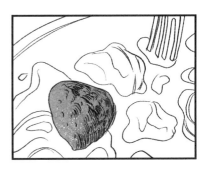

…넋이
나갔는데,
무슨.

왜 그렇게까지
그 애 일에 신경을 써요?

난 조시마 장로님의
임종을 지키지 못했어요.

유언을 듣진 못했지만,
그분이 제게 마지막으로
무슨 말씀을 하셨을지는
알 것 같아요.

"수도원 밖으로 나가서
이웃에게 베풀고,
그들을 돕거라."

입버릇처럼 하시던 말씀 하나
못 지켜서야
장로님을 뵐 면목이 없죠.

…고집불통!

…이런 사람을
좋아하는 내가 잘못이지.

결혼 상대로 최악이라고요!
남 돕는 데 정신이 팔려선…!

하지만 리즈도
지금 날 도와주고 있잖아요.

말은 그렇게 하지만

힘들 때 찾아오면
이렇게 같이 고민해 주고.

내가 리즈만 보면
얼마나 큰 기운을 얻는데요.

놀리는 거죠?

아니요.
화났어요?

얼굴이 빨개요.

…작전이나
생각해 봐요!

텁!

알료샤는
어떻게 하고 싶어요?

역시 먼저 일류샤를
만나볼까 해요.

과연 당신을
만나줄까요?

경험상, 몸이 아프면
아무도 만나기 싫거든요.

게다가 당신은
까라마조프고,

그 애가 당신 언니에게
켕기는 짓을
했다면 더더욱….

그 애를 위한 일이기도 해요.
병이 깊어진 게 죄책감 때문이라면
마음이라도 보듬어주고 싶어서요.

조시마 장로님께서
하시던 일이죠.

장로님을 찾아와
기도하던 사람들이
얼마나 많았는지 몰라요.

그분에게
병을 낫게 할 힘이
없다는 걸 알면서도.

장로님.
그 어린 것이···

대체 무슨 죄가
있다고···.

감사합니다.

콩 콩

장로님···.

알료샤.

···좀 쉴까?

마침 좋은 차가
들어왔으니
마시고 진정하렴.

네가 다정한 아이란 건 알지만,
그렇게 울다간 기력이 남질 않겠구나.

죄송해요.
마음이 아프기도 하지만…
제 신앙심에 문제가 있나 봐요.

사람들이 저렇게 고통받는 동안
신은 어디에 있는지
자꾸 의문이 들어요.

애야.

네가 수도원에 왜 왔는지
기억나니?

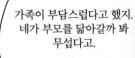

가족이 부담스럽다고 했지.
네가 부모를 닮아갈까 봐
무섭다고.

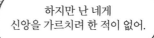

하지만 난 네게
신앙을 가르치려 한 적이 없어.

다만 혼자서도 단단하게
사는 법을 가르쳐주고 싶었지.

수녀가 되려고
네가 얼마나
노력하는지 안단다.

실례.

…제가 부족하단
뜻인가요?

수도원은 네게
너무 좁은
세상이란 뜻이다.

마음을 달래러
오는 거지.

알료샤, 그거 아니?

사람들은 이곳에
신을 찾으러 오는 게 아니야.

신도 악마도
결국 여기,

인간의
작은 마음속에
있단다.

매 순간
선악 사이에서
갈등하는
마음 말이지.

그러니 의심을
두려워 말거라.

설령 수녀가 되지 못해도,
넌 네가 믿는 대로
움직이면 돼.

사람을 돕는 건
결국 사람이고,

널 구원하는 건
너 자신밖에 없으니 말이야.

장로님이야말로 이상하세요.
이런 신성모독을 해도 되나요?

알료샤.

이 늙은이는
널 보고 있으면
불안해지는구나.

이젠 마음의 준비를
다 마친 줄
알았는데 말이지….

내가 없어도
괜찮아야 해.

…왜 곧 떠날 분처럼
말씀하세요?

아직 장로님께
배울 것이
얼마나 많은데요.

그분의 그런 표정은
처음 봤어요.

아마 그때부터
자신이 시한부란 걸
알고 계셨나 봐요.

저처럼 겉도는 울보를
수도원에 혼자 두고 가기
불안하셨던 거겠죠.

글쎄~ 자기 안위보다
남부터 생각하는
언니의 오지랖을
걱정한 게 아닐까요?

제가 말려도
일류샤에게 갈 거죠?

누구 말마따나
고집불통이니까요.

또 다쳐서 돌아오면
그땐 정말
안 만나줄 거예요.

그건 내게
가장 큰 형벌이니
몸조심할게요.

고마워요, 리즈.

덕분에
머리가 맑아졌어요.

뭘 하고 싶은지도
명확해졌고요.

일류샤를
마주하고

드미트리 언니도
도울 거예요.

더 이상
도망은 없어요.

진실까지 닿기에
분명 쉬운 길은
아니겠지만….

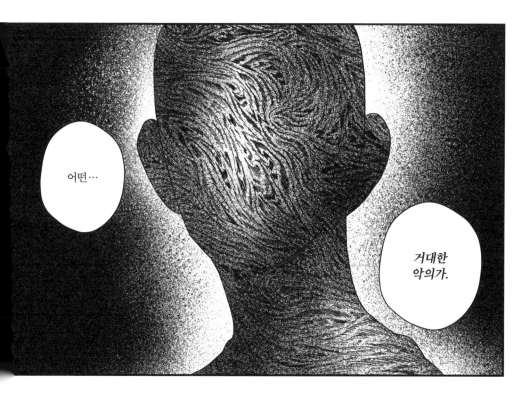

어떤…

거대한
악의가.

39

은폐

끼잉

…알료샤 양, 기다리고 있었습니다.

…들어오세요.

콜랴도 오랜만이구나.

한동안 집에 놀러 오질 않았잖니.

아저씨, 일류샤는 좀 어때요?

퇴원시켰습니다.
더 이상 손쓸 방법이 없다면
집에서 보내주고 싶어서요.

의사가
사흘을 넘기기
힘들 거라더군요.

일류샤….

깜빡

…우리 싸운 줄
알았는데.

누가 오고 싶어서 온 줄 알아! 이 누나가 억지로 끌고 왔다고.

…콜랴, 너도 누구보다도 걱정했잖아.

꽉

…네가 스메르쟈코프와 거래한 거 알아.

왜 나한테 말 안 했어? 우린 친구잖아.

네가 나한테 실망할까 봐.

일류샤, 스메르쟈코프가 무슨 부탁을 했는지 알려줄 수 있니?

말하지 않기로 약속했어요.

바보야, 그 사람은 널 협박해서 이용한 거야!

아니야, 콜랴.

내 선택이야. 드미트리가 미워서 견딜 수 없었어.

일이 이렇게 된 건 전부 내 탓이라고.

애야, 우린 널 다그치러 온 게 아니야.

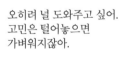

오히려 널 도와주고 싶어. 고민은 털어놓으면 가벼워지잖아.

당신은 언니와는 정말 다르군요.

…약이에요.

스메르쟈코프에게 엄마의 약을 줬어요.
의사의 처방 없이는
구할 수 없는 약이거든요….

…드미트리에게 복수하는 걸
도와준다고 해서.

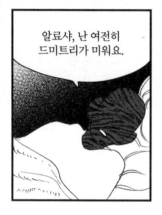

알료샤, 난 여전히
드미트리가 미워요.

하지만 뉴스에서
당신 아버지와 드미트리의 소식을
봤을 때,

혹시, 그게 내가 한 일과
연관이 있는 거라면…

무서워서…

미안해요….

미안해요….

날 원망해도 좋아요.

네가 무슨 짓을 저질렀든,
난 너를 원망하지 않아.

드미트리 언니도
마찬가지고.

언니는
오히려 네게
용서를 구하고
싶어 한걸.

진심으로
네게 사과한다고
전해달래.

드미트리가요?

그 잔인한 사람이
내게 사과했다고요….

골록

골록

골록

쥬룩

일류샤,
너…!

괜찮아.

정말 괜찮대도,
그보다…

그럼 나도
상처 입힌 모두에게
사과해야겠어요….

내가 미워하던 인간보다
못난 인간이 될 순 없으니까….

알료샤.

…아,

긴장이 풀리니
졸리네.

쉬어야겠어요….

잘 자.
좋은 꿈만 꾸렴.

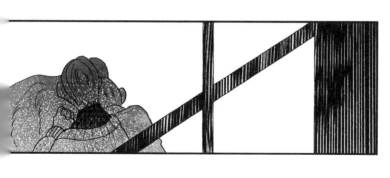

이반.

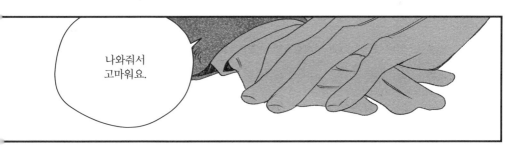

나와줘서
고마워요.

먼저 조의를 표합니다.

당신이 날
다시 만나지 않기로
결심한 것은 존중하지만…

아무래도 가족 일은
예외인가 보군요.

…왜 우린 항상
드미트리의 일로만
만날까요?

카챠.

…못 본 새
야위었군요.

내가 할 말인 것
같은데요.

우리 용건만
말하죠.

해줄 얘기가
있다고요?

용의자가 사건 당일에
자기 번호로 남긴 목소리니,
재판에 결정적인 증거가 되겠죠.

아직 아무도 몰라요.
당신한테
처음 얘기하는 겁니다.

당신의 아버지가 살해당한 날,
드미트리가 내게
부재중 메시지를 남겼어요.

내용이
어떻길래요?

꾹

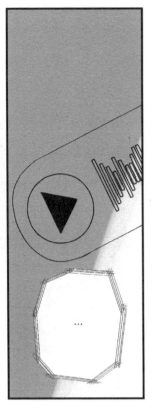

이거, 절대로
공개하면
안 돼요.

드미트리가
빠져나갈 수
없게 돼요.

하지만, 숨기면
증거 은닉죄가—

이걸,

여태까지 숨겼다가
나한테만 들려준 건,
날 걱정해서 아닌가요?

…

날 봐서라도요.

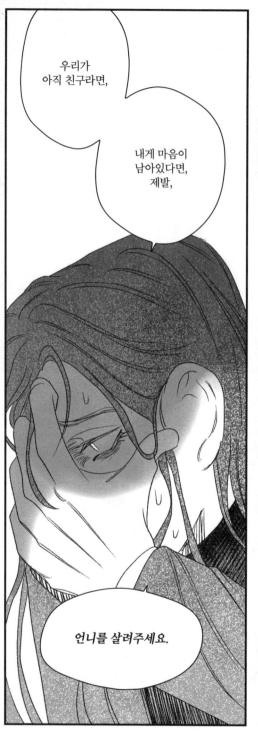

우리가
아직 친구라면,

내게 마음이
남아있다면,
제발,

언니를 살려주세요.

40
동 생

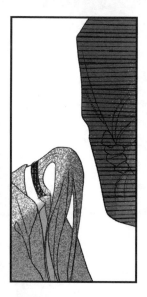

… 알았어요.
공개하지 않을게요.

당신의 언니이지만,
내 약혼자이기도 하니까요.

유능한 변호사를 고용했습니다.
수임료는 전부 제가 부담할 테고.

정당방위로
판결을 유도하면—

잠깐.

정당방위라뇨.

무죄가
아니라?

언니가 정말
아버지를 죽였다고
생각해요?

현실적으로
생각해 봤을 뿐입니다.

나도 마음이 안 좋아요.
하지만 드미트리의 평판과
쏟아져 나오는 증거를 고려하면,

죄를 인정하고
형기를 낮추는 게
최선입니다.

전혀 신뢰하지
않는군요.

언니는
불쌍한 여자네요.

이반,
믿음은 저절로 생기는 게
아닙니다.

폭력을 저지르고
외도를 일삼는 약혼자를
어떻게 믿을 수 있죠?

더불어 나는 당신이
나와 동류란 걸 압니다.

그러니
솔직해지세요.

당신은 정말
언니가 결백하다고
믿나요?

나 돌아왔어.

오후 5:00

사거리에서 만나.

오후 5:03

이 상황이 믿기니?

말이 아버지지, 수많은 이들에게 원한을 샀으니…

언젠가 정말로 살해당해도 싼 인간이란 생각은 해왔어.

그런데 범인이 드미트리라고? 그 배짱 없는 놈이….

우린 고아가 되자마자 언니도 잃었구나.

사람들이
뭐라고 하든

난 드미트리 언니를
믿어.

그럴 배짱이 없어서가 아니라,
누굴 죽일 사람이 아니니까.

이반 언니도
확신하지?

…….

네가 아는 드미트리와
내가 아는 드미트리는
아무래도 조금
다른가 보구나.

개가 네 앞에서 얼마나 온순하게 굴었는지 알겠어.

하긴 널 유독 예뻐하긴 했지. '지상의 천사'라는 둥….

부끄럽게 띄우지 마. 이반 언니도 날 엄청나게 아꼈잖아.

왜, 사실 언니도 속으론 날 천사쯤으로 여기던 거 아냐?

엄마를 닮아서 곧잘 발작하던 동생.

툭하면 다치고 울어서 한시도 눈을 뗄 틈을 주지 않는, 내가 돌봐야 할 아이.

너를 사랑하기 위해
사랑할 수 있던 것들을
내팽개치고
급하게 어른이 되었지.

그런 존재였어.
너는….

…아.

오해는 마.
널 미워한 적은
맹세코 없으니까.

대체 누가 널
미워할 수 있겠니?

같은 소피아의 딸이어도,
넌 나와는 달라.
사랑받을 가치가
있는 아이야.

봐, 난 지금도
의심을 버리지 못하는데
넌 드미트리를
진심으로 믿잖니.

사람을 조건 없이
믿는 것도
네 장점이지.

나도 자매가 살인자이길 바라진 않아.
하지만 증거가 무수하잖니.

그런 짓을
저지를 인간이
아니라고….

그런 짓을 할 사람이
따로 있나?

따지자면 우리는
모두 살인자의 자손인데….

…언니.

늦기 전에
드미트리 언니에게
면회를 가봐.

만나고 싶지 않아.

뭐가 그렇게
무서운 거야?

언니 지금
겁먹었잖아.

알료샤.

언니만이
아냐.

나도 혼란스럽고
무서워.

아무리 원망했어도,
아버지가 죽었으니까.

이런 복잡한 기분은
아마 가족만
이해할 수 있겠지.

그리고
생각해 봤어.

지금
드미트리 언니의
기분은 어떨까….

아버지가 죽었는데
제대로 설명해 주지도 않고
사람들은 자길 범인으로 몰아가.

그런 상황에서 혼자…
얼마나
버틸 수 있을까.

사람들은 언니가 의심받아
마땅하다고 말해.
평소 행실을 보면
드미트리가 범인인 게
분명하다고.

하지만 말이야.
아까 '그런 짓'을
저지를 사람은
따로 없다고 했잖아?

세상엔
못 믿을 사람도
따로 없어.

믿음에
무슨 증거가
필요해?

그런 논리라면
종교는 진작에
망했을걸.

이반, 믿음은
저절로 생기는 게
아닙니다.

나는 당신이 나와
동류란 걸 알아요….

내가 뭔가
잘못 말했어?

아니, 아니야.

너와 나는
근본부터 다르구나
싶어서….

언니는 내가
대단하다고 하지만,
난 언니가 더 대단하다고 생각해.

감정에 휘둘리지 않고
진실을 보려 하잖아.
난 그게
누구도 따라 하지 못할
언니만의 장점이라고
생각하는데.

고마워.

고마워요.

알료샤?

아, 응.

저기,
내가 최근에
이상한 이야기를
들었거든.

스메르쟈코프가
마음에 걸려서.

동네 아이에게
약을 구해달라고 했나 봐.

…무슨 약인지 들었어?

아니, 정확한 이름은 몰라.
어머니 약인데 처방전 없이는
못 구하는 거래.

항우울제라던가?

…
왜 그래?

넌 어려서 기억 못 하겠지만,
우리 어머니도
항우울제를 복용했어.

의사에게 주의 사항을
들어서 알아.
설마 내가 아는
그 약이라면…

스메르쟈코프를
만나봐야겠구나.

< 4권에서 계속 >

The Sisters Karamazov

까라마조프의
자매들

SISTERS KARAMAZOV

WRITTEN & DIRECTED BY

JEONG WON-SA

ORIGINAL BY

DOSTOEVSKY

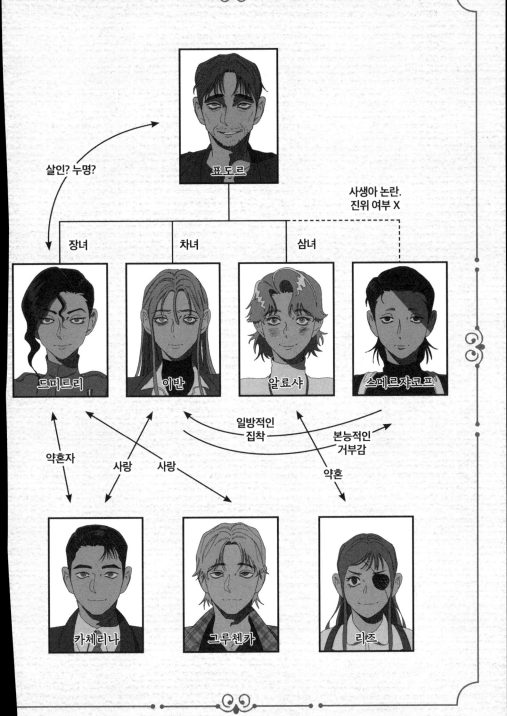

살인? 누명?

사생아 논란.
진위 여부 X

표도르

장녀   차녀   삼녀

드미트리   이반   알료샤   스메르쟈코프

일방적인
집착   본능적인
거부감

약혼자   사랑   사랑   약혼

카체리나   그루첸카   리즈

까라마조프 사건 프로파일링

대필 작가

유력한 용의자

견습 수녀

입주 가정부

3

The Sisters Karamazov

까라마조프의
자매들

1판 1쇄 인쇄 2023년 2월 10일
1판 1쇄 발행 2023년 3월 10일

지은이 정원사
펴낸이 김영곤
펴낸곳 ㈜북이십일 아르테팝

융합1본부장 문영 **기획개발** 변기석 신세빈 김시은
표지·본문 디자인 정은혜 **교정교열** 강세미
아동마케팅영업본부장 변유경 **아동마케팅1팀** 김영남 황혜선 이규림 황성진
아동마케팅2팀 임동렬 이해림 안정현 최윤아 **아동영업팀** 한충희 오은희 강경남 김규희
제작 이영민 권경민

출판등록 2000년 5월 6일 제 406-2003-061호
주소 (우 10881) 경기도 파주시 문발동 회동길 201
연락처 031-955-2100(대표) 031-955-2715(기획개발)
팩스 031-955-2177
홈페이지 www.book21.com

ISBN 978-89-509-3452-1 04810
       978-89-509-0703-7 (세트)

*책값은 뒤표지에 있습니다.
*잘못 만들어진 책은 구입하신 서점에서 교환해 드립니다.